날마다 한강을
건너는 이유

날마다 한강을
건너는 이유

지영환 시집

민음사

문무 겸전의 시인, 지영환

오세영

몇 년 전 일이었다. 퇴근해서 집에 돌아오니 아내가 경찰서에서 내게 전화가 한 통 걸려 왔는데 혹시 나쁜 일을 저지르지 않았느냐고 했다. 그 내용이 무엇인가 물었더니 자세한 이야기는 하지 않고 다만 경찰관 한 분이 다시 걸겠다면서 전화를 끊었다는 것이다. 순간 나는 일말의 불안감을 느끼지 않을 수 없었다. 혹시 나도 모르게 저지른 무슨 불법적인 행위를 조사하려는 것은 아닐까 하는 생각이 들어서였다. 그러나 지난날을 곰곰이 되새겨 보았지만 그럴 만한 일들은 짚히지 않았다. 그래도 마음 한구석이 찜찜했다. 그런데 며칠 후 이젠 그의 두 번째 전화가 내게 직접 걸려 왔다.

전화를 받고 보니 지영환 경찰관이라는 분이었다. 국립

경찰대학의 한 연수원에서 교육을 담당하고 있는데 미래의 경찰 간부들을 위해 교양 강연을 해 달라는 내용이었다. 맥이 탁 풀렸다. 약간 기분이 상한 나는 하고많은 사람 가운데 왜 하필 내게 그런 부탁을 하느냐고 짜증 비슷하게 물었다. 대답이 엉뚱했다. 선생님같이 유명하신 분을 왜 모르겠느냐는 것이다. 동학의 길을 걷는 후학들에게서 이 같은 말을 들었다면 혹 모를 일이다. 그러나 내 전공이나 활동 분야와는 전혀 관계없는 경찰이 나를 유명하게 생각한다는 것은 나로서는 실로 상상하기에 쉽지 않았다.

어쨌든 이 같은 해프닝을 거쳐 지영환 씨와 인연을 맺었고 그가 나를 '유명하게' 생각할 수 있었던 이유도 후에 알게 되었다. 그도 그럴 것이 직업과는 달리 엉뚱하게도 그 역시 시를 쓰던 사람이었기 때문이다. 그때는 아직 그가 문단에 등단하기 전이었지만 시를 쓰고 또 시인이 되기를 동경했던 사람이라면 아마 내가 '시인'이라는 한 가지 사실만을 놓고서도 그럴 수 있지 않겠으랴. 그러나 그가 시에 관심이 있다는 것을 알게 된 것은 정작 그를 만난 훨씬 후의 일이었다.(처음 대면해 놀란 것은 그의 특이한 이력 때문이었다.)

그가 경찰 간부였다는 것은 앞에서 밝힌 바이지만 또한 그는 석사학위 소지자로서 몇 개 대학원의 박사 과정을 이미 수료한 상태였고, 한 중앙 일간 신문의 특정 분야 자문 위원일 뿐만 아니라 익히 알려진 유명 사건의 해결을 통해서 자신의 능력을 한껏 선보인 빼어난 경찰 수사 전문 요원이었다. 그뿐만이 아니다. 그가 쓴 10여 권의 저서 가운데서『국가 수사권의 입법론』같은 책은 이 분야에서 거의 독보적인 업적으로 평가를 받고 있고, 거의 70개에 다다른 국가 자격증들을 보유하고 있어 기네스북의 후보자 명단에 오르기도 하였다. 여기에 덧붙일 것이 한 가지 더 있다. 무술(武術)이 또한 도사(道士)의 경지에 있다는 사실이다. 그는 태권도, 검도, 택견 등 여러 무술을 합쳐 통산 20여 단의 실력을 갖고 있었던 것이다.

여기에 그가 시까지 쓴다는 사실을 후에 알게 된 나는 아연실색해서 이렇게 물었다. 그만하면 전인적 인격을 갖추었는데 시는 왜 쓰는가? 그의 대답이 나의 기대와는 달랐다. 국가를 위해서라면 문무를 모두 겸해야 한다는 것이다. 그렇다. 여기에 지영환 씨의 독특한 인생관이 있다. 그는 나처럼 일개 서생의 삶이 아니라 국가 경영 같은 보다 큰 뜻의 삶을 지향하는 인물이었던 것이다. 그러므로 그에게 '시'란 단순히 예술적 경지의 어떤 정신적 성취에 있는 것이 아니라 한 인간의 전인적 인격 수련과 나아가 그로써 만민제세(萬民濟世)의 도(道)를 깨우치는 것과 같은 데 있었던 것이다.

그와 같은 관점에서 눈여겨보니 그는 여러 면에서 장점을 가진 사람이었다.

첫째, 유난히 지적 호기심이 강하다. 그것은 그가 두 대학원에서 각기 다른 두 분야의 박사 과정을 수료한 것에서도 알 수 있지만 많은 저술 활동과 끊이지 않는 독서 열로도 설명할 수 있다. 길지 않은 시간 동안 나와 만나면서도 그는 내게 문학에 대한 인문학적 질문을 쉴 새 없이 던지곤 하였다.

둘째, 그 자신의 말마따나 문무를 겸한 전인적 인격을 지니고 있다. 경찰이면서도 학자이고, 무술의 달인이면서도 시를 쓰는 것이 바로 이를 증명한다. 그의 삶은 곧바로 선비이자 무인의 그것이었던 것이다.

셋째, 매우 근면하며 성실하다. 그가 현직 경찰이면서도 10여 권이 넘는 저술을 남겼고 또 수백 편에 해당하는 시편들을 창작했다는 것을 보아 알 수 있다. 남들은 한 개를 딸 수 있을까 말까 하는 국가 자격증을 70여 개나 보유하고 있다는 것 역시 그러하다. 그의 안내를 받아 경찰 연수원에서 수차례 강연을 하면서도 보았지만 강사들에 대한 사려 깊은 배려, 학생들에 대한 성실한 지도, 교과 운영의 빈틈없는 관리 등은 타의 추종을 불허하는 듯싶다.

넷째, 모험심이 많다. 한 가지 영역에 머물러 있지 않고 항상 새로운 세계를 향해 도약하기를 꿈꾼다. 그가 여러 분야에서 소기의 목적대로 일가를 이룬 것은 물론 그의 남다른 노력의 결과이기도 할 것이나 무엇보다 새로운 것에 대해 도전하고자 하는 그의 정신력이 그렇게 만들었을 것이다.

다섯째, 무엇보다 중요한 것은 그가 매우 순결한 정신

의 소유자라는 사실이다. 그리고 한 시인으로서의 삶을 영위함에 있어 아마 이보다 다행일 수는 없을 것이다. 왜냐하면 시란 적극적이든 소극적이든 세속적 삶의 위선을 폭로함으로써 쓰이는 것인데 이 위선을 인식하려면 무엇보다 주체가 순결하지 않고서는 불가능하기 때문이다. 그리스도도 그렇게 말하지 않았던가. 누구나 어린아이같이 되지 않고서는 결코 천국에 들어갈 수 없으리라고……. 어린아이란 순결한 정신의 소유자이고 시인이란 바로 이 순결한 정신의 소유자를 일컫는 다른 하나의 비유일 따름이다.

그래서 그런지 지영환의 시에는 무엇인가 자신이 잃어버린 어떤 것, 즉 상실감과 유년으로 돌아가고자 하는 희원이 절실하게 고백되어 있다. 그렇다면 그는 무엇을 상실했으며 왜 유년으로 돌아가고자 하는가. 그것은 한마디로 정신의 순결함을 잃었으며 그 잃어버린 정신적 순결을 유년의 세계에서 회복하고자 한다는 말로 요약할 수 있다. 그러한 의미에서 이 시집에 수록된 전체 시는 크게 도시(서울) 생활을 보고하는 시들과 유년의 성현 체험(聖顯體驗)을 고백하는 시들로 나뉘어진다.

신사동(新沙洞) 모래밭을 넘는다
(중략)
발바닥에 땀이 차고 종아리가 후들후들 떨려 오고
한 발 한 발 내디딜 때마다 발보다 먼저 가는 몸은

점점 낙타처럼 앞으로 굽었다. 그녀
날치처럼 자유롭게 하늘을 날아 보지 못하고
신사동(新沙洞) 모래 언덕을 낙타처럼, 낙타처럼
——「날치 횟집」

　　서울로 제시된 삶의 일상성은 마치 횟집 수조에 갇혀 생선회가 되기를 기다리는 날치의 운명과 같은 것으로 비유된다. 그가 하필 생선 가운데서 '날치'를 예로 들어 이야기하는 것은 날치야말로 유일하게 수면 위로 비상할 수 있는 물고기이기 때문이다. 그 횟집이 신사동(新沙洞), 즉 사막의 '모래 언덕'에 위치한 것으로 묘사하여 날치를 황량한 사막을 터벅터벅 걷는 낙타로 다시 이 차 비유한 그의 상상력도 신선하지만 현대인의 삶이 수조에 갇힌 날치와 다를 바 없다는 인식은 날카로운 문명사적 비판을 보여 주는 것이라고 하겠다. 그리하여 그는 현대인이 잃어버린 그 원시적 생명성 혹은 삶의 정신적 순결성을 유년의 체험 속에서 다시 찾고자 한다.

별자리 아래에서 찬물을 길 때, 할머니
물동이를 머리에 올리면 그 속으로 새끼 별이 내려와 춤
을 춘다
할머니는 콩 고르는 법을 우리에게 가르쳐 주고
붉나무벌레 집이 가라앉을 때 대청마루에서 우리는 아기
별같이

모난 돌멩이를 골라낸다.
할머니는 윗물만 비운다

─「밤은 콩나물 시루처럼」

그러나 유년이란 이미 흘러가 버린 과거의 기억, 현실적으로 다시 복원될 수 없다. 그리하여 그의 '한강' 탐구 시들은 바로 여기서 쓰인다. 물은 현실적, 현재적으로 우리가 일상에서 접할 수 있는 물질이면서 모든 오탁과 부정을 씻어 존재를 재생하게 하는 힘 혹은 생명의 원천이 되기 때문이다. 수만 년을 더불어 민족의 역사와 함께한 한강의 경우는 더 말할 필요가 없으리라.

유유히 흐르는 한강은 내 중심에 있다. 그 중심선상을 날아가는 새를 바라본다. 새는 우리들처럼 한강을 건넜다 다시 건너기를 반복하고 있다. 철새들이 하나 둘 날아들더니 한강 사이를 날아갔다 날아왔다 한강을 잇고 있다. 한강에서 만나는 새와 물고기, 우리 곁으로 돌아온 그들이 보고 싶다.

─「한강에 대한 명상」

지영환은 시인이다. 그러나 그는 시인만으로 만족할 사람은 아니다. 그의 시 쓰기가 그의 뜻대로 이 사회와 민족의 현실적인 발전에 큰 도움이 되기를 바란다. 나는 앞에서 살펴본 바와 같은 그의 바람직한 인간됨에 비추어

그가 그럴 수 있는 날이 아마 꼭 오리라고 믿는다. 그의
처녀 시집 출간을 진심으로 축하하는 이유 중 하나도 여
기에 있다.

2006년 초하(初夏)
청강(聽江) 오세영
(시인 · 서울대 교수)

차례

제3부

제1부

흰 지붕 위로 떨어진 흰밥은 날씬하다

조등 걸린 정자나무 파란 지붕 아래, 아저씨는 보따리를 꾸물꾸물 끌러 앉힌다 짐을 풀어 내리면 동네 아이들이 딱지치기 구슬치기 팽이치기 팽개치고, 모여든다 옥수수 쌀 콩 얇은 누룽지 담은 깡통들이 담을 넘어갔다, 오곤 한다 솔가지 불을 때다 까맣게 그을려 돌려 대기에 바쁘다 뺑튀기 기계 속의 뺑튀기 통은 뱅글뱅글 혼자서 돌아간다 까만 지구는 그렇게 매달려 돌아간다 지구가 한 바퀴 돌 때마다 지붕은 몸을 데운다 뺑튀기 아저씨는 뺑이요—— 질러 댄다

죽부인 같은 큰 철망을 뺑튀기 몸에 씌운 뒤, 쇠꼬챙이를 끼워 앞으로 당기면서 뻥, 튀겼다 구름이 한꺼번에 내려왔다 사라진다 뻥, 뻥 내 꿈을 멀리 튀겨 준다 점, 점 쇠 불꽃이 화려한 꽃을 머금었다 하얀 불꽃이 피어날 때까지 사카린 물을 뿌린다 입 모양이 커지면 우리는 귀를 막는다

흰밥, 하늘 높이 날아갈 곳을 찾는다 날씬한 흰밥이다

할아버지 사진 아래서 밥을 먹는다

흰색 천막 위로 가벼운 흰밥이 날아와 앉는다.

밤은 콩나물 시루처럼

별자리 아래에서 찬물을 길 때, 할머니
물동이를 머리에 올리면 그 속으로 새끼 별이 내려와
춤을 춘다
할머니는 콩 고르는 법을 우리에게 가르쳐 주고
붉나무벌레 집이 가라앉을 때 대청마루에서 우리는 아
기 별같이
모난 돌멩이를 골라낸다
할머니는 윗물만 비운다
밤은 할머니의 콩나물 시루처럼 캄캄했으나,

할머니는 밤의 시루 안에 볏짚을 깔고 밤새도록 불린
콩을 얹고
한 번 덮으면 좀처럼 볼 수 없는 까만 밤을 씌우고
그 위에 뻣뻣한 쳇다리를 걸친다
말갛게 씻은 우리를 시루에 담가 놓고 싹이 나기를 기
다린다
목마를 겨를 없이 흠뻑 주어야 실뿌리가 나오지 않는
단다

할머니는 시루 안의 아랫목,

따듯하고 어두운 곳으로 찬물을 부었다

할머니의 바가지가 점점 가벼워질수록

올챙이 꼬리처럼 파닥거리던 싹들이 머리를 일제히 위
로 올린다

까만 밤을 치켜들면 오밀조밀 모여 있던 우리들

물을 부어 댈수록 노란 봉분의 높이도 자꾸만 올라갔다

그 비릿한 냄새가 할머니의 젖무덤에서도 새어 나온다

수제비를 펄펄 끓인다

비 오는 해창만 물 끓는 가마솥
기러기들이 물수제비를 뜬다.
갈대는 바르르 떤다.

보리밭에서 파도 소리가 밀려온다.
백 년 세월, 비 오는
해창만 물 위에 걸려 있던 가마솥

안주인은 솔잎으로 불을 살린다.
화덕에서 새어 나오는 연기 바다로 간다.

어머니 눈물을 훔치며 넓적한 소나무 주걱 뒷등에 수제
비 반죽을 붙이고
한 손에 물을 발라 가며 숭덩숭덩 살점을 떼어 던진다.

강가에서 납작한 돌을 고른다.
손에서 작은 돌이 튀어 나갈 준비를 한다.

감나무가 있는 뒤뜰

할아버지 수염은 독 오른 탱자 가시 같았다
겨울 감나무 손끝 흰 수염이 내 볼을 쓰다듬고
할아버지는 흰옷을 입혀 달라 했으나
나는 할아버지의 팔다리만 계속해서 주물렀다
할아버지가 논문서 상자를 왼손으로 가리켰을 때
뒤뜰, 겨울 바람에 감나무 잎사귀가 모두 떨어져 날아
왔다
마지막 숨을 몰아쉴 때 우리는 산짐승처럼 귀를 쫑긋
세우고
감나무 감이 빨갛게 익거든 까치밥을 남겨 놓아라
아버지는 할아버지의 눈을 곱게 쓸어 내렸다
지금도 명절날 고흥에 가면 감나무 네 그루부터 찾는다
그 감나무 이마를 손으로 짚어 보고 껍질을 손으로 쓸
어내린다
허옇고 까칠까칠하다, 아무도 몰래 갈라 터진 볼을 부
비곤 한다
감이 달려 있는 빈 하늘을 두 딸과 함께 세어 본다

북한강 얼룩동사리

피라미 떼가 왕성한 자리다툼을 하고 있다
갑자기 쏘가리 등장에 혼비백산 흩어진다
누치는 쏘가리를 피하지 않고 깊은 물 속에 자맥질한다
꺽지, 배를 바닥에 붙이는 동사리
작은 물고기 떼들은 그곳을 지나다 동사리에 잡아먹힌다
늦은 봄 눈동자개
파로호에서 잠시 멈춘 북한강
얼룩동사리 수컷이 자리 잡고 암컷을 부른다
엄마 얼룩동사리가 거꾸로 매달려 산란하는 동안
아빠 얼룩동사리가 받쳐 준다
엄마 얼룩동사리가 산란했던 투명한 알은
아빠 얼룩동사리가 수정시켜 노란 성을 쌓는다
아빠 얼룩동사리 혼자서 알을 돌보며 물살을 일으킨다
알 사이를 닦아 주고, 쉼 없이 산소를 공급한다
아빠 얼룩동사리는 긴장한다
알을 먹잇감으로 노리는 블루길 큰메기도
일격에 물리친다
집에는 알들이 빽빽이 들어차 있고
아빠 얼룩동사리는 지친 기색도 없이 한시도 쉬지 않
는다

넓고 평평한 바위 밑을 오가며 알을 살린다
꼬리와 눈이 차례로 생긴 여러 단계 알들이 뒤섞여 있다
미세한 떨림, 아빠 얼룩동사리는 더 힘내어 부채질한다
차례로 알들이 부화하는 시간은 몇 초도 걸리지 않는다
치어들은 아빠 곁을 떠난다
새끼들은 모두 떠나가고 혼자 남은 얼룩동사리는
가쁜 숨을 몰아쉬고 있다
침입자 지키다 아무것도 먹지 않은 채
아빠 얼룩동사리, 북한강 강물이 되었다.

간장 게장

1

간장처럼 짠 새벽을 끓여
게장을 만드는 어머니
나는 그 어머니의 단지를 쉽사리 열어 보지 못한다

나는 간장처럼 캄캄한 아랫목에서
어린 게처럼 뒤척거리고

2

게들이 모두 잠수하는 정오
대청마루에 어머니는 왜 옆으로만,
주무시나 방 안으로 들어오지 못하고
아무것도 모르는 햇볕에
등은 딱딱하게 말라가고
뼛속이 비어 가는 시간에

행복한 김장

할머니 어머니는 김장 날을 정하다 보름달을 키워 낸다
된서리 맞으러 달려온 배추, 가풍에 맞게 실한 놈으로 뽑아야 한다
굵은 소금을 뿌리고 숨이 죽으면 달빛에 눈물 흘렸다
젊은 날의 싱거운 물줄기 빠져나가 간이 밸 무렵,
할머니는 차가운 물에 상처를 헹구어 낸다
장독 위에 올려놓으면 속울음이 빠졌다
깨끗하게 씻어 말려 놓은 장독은 행복한 비명을 지른다
멸치젓 생새우 생강을 모아 놓고 두꺼운 이불을 두 겹 깔았다
숨죽이며 절구질한다
밖으로 튀어나온 조각들이 날아다닌다
해풍(海風)이 몰려온다, 청각을 넣고 유자를 송송 썰어 넣었다
큰솥에 불을 지펴 풀을 쑤고, 붉은 양념을 넣고 김치를 버무릴 때는 해가 멈췄다
반질반질한 괭이로 얼어붙은 마당을 팠다, 김장독을 묻었다
그 위에 짚 이엉으로 덮고 여름 뱀처럼 지나다녔다
할머니는 시집간 고모에게 보낼 김치를 챙겨 놓는 것을 잊지 않으셨다

손금

뽀얀 살결이
가는 밧줄 하나를 타고
손안으로 내려와
잠든

왼쪽 손바닥 줄무늬를 타고 내려가면
딸 아들이 사는 마을이 있다
달에게 아무리 비손해도 닿지 않는 손금은
작고 거친 주먹을 쥘 때마다 안으로만 강 깊이 흐르고

그 무수한 샛길 사이를 달리는 강물
땀에 밴 손바닥이 말없이 젖어 오고
물머리가 마주할 때
지금도 난 가는 밧줄을 하나 타고 올라가
꿈의 어머니를 만난다

아버지의 고흥(高興)

내가 태어난 집은 팔영산(八影山) 팔봉(八峯)이 감싸고
있다
가운데 기둥 앞에는 눈을 글썽이며 걸어오는 먼 바다
독섬의 으름덩굴이 자줏빛 꽃을 피웠을 때
아버지가 태어날 때 내가 태어날 때의 울음소리를 귀담
아 들었을
감나무 네 그루가 뒤뜰에서 수다 떨고 있다
감나무 껍질이 점점 두껍게 벗겨질 때면
나는 그것을 주워 벗겨진 곳에 맞추는 놀이를 했다
들어리왕거미는 감나무 사이에 투망 같은 집 한 채 짓고
그 가계(家系) 속에 온몸이 묶인 좀날개여치 칠성무당
벌레
감나무통호랑이하늘소 두꺼비메뚜기는 발버둥 치고
반딧불이 칭얼대는 어린 어리장수잠자리 좀깽깽매미를
비춰 주고 있었고
그 집을 나는 허물고 놀았다
사각기둥에 지붕처럼 걸친 아버지의 투망이 바람에 살
짝 움직였다
내게 무슨 말을 할 것만 같았던 아버지는
마당 한쪽 귀를 쓸고 있었다

고기 떼는 별을 따라 흘러갔다

고기 떼는 분명 별을 따라 흘러가고 있었다
밤하늘을 통째로 놓친 아버지의 은단처럼
별들이 사방으로 흩어져 흘러가고 있었다
참복은 허연 배를 뒤집고 물 속으로 들어갔다
아버지는 하모니카를 꺼내 손바닥에 탈탈 털어
넓고 넓은 바닷가에 한 알, 오막살이 집 한 채에 한 알
고기 잡는 아버지와 철모르는 딸에게 은단 한 알씩을
털어놓았다 지난 사랑처럼 고기 떼
회항은 없었다
귀뚜리 잠들 때를 기다려 아버지는 내 작은 손금 위에
눈물처럼 세월처럼 은단을 털어 놓았다
해오라기 흰 줄 그어 날아갈 때
은단이 목을 타고 내려갈 때 새벽이 밝아 왔다

늦은 밤, 사 온 은단 서너 알을
아버지의 새벽 하늘에 털어 놓았다
아버지는 인터넷 검색 창에서 지금껏
알 수 없는 영역이다

할머니의 맷돌

둥글넓적한 돌
두 개 포개고
할머니는 맷손 아래쪽을 잡고
나는 맷손 위쪽을 잡는다
맷돌이 한 바퀴 돌아 내 가슴에 다가올 때
슬픔의 구멍으로 물을 넣고
맷돌이 다시 내 앞으로 스르르 돌아오면
울어서 퉁퉁 불은 콩을 한 주먹
그 구멍에 넣는다

할머니의 눈물에서는
맷돌 소리가 들리지 않는다
할머니가 내게 노래를 가르치는 동안
배고프다고 우는 아이는
자꾸만 목구멍을 열어 보인다

송이

솔잎 떨어져
송이 꿈 포개어진다
바람 불면 잠시 일어났다가 스르르 숨죽인다
한 마지기 남짓한 솔밭에서 송이버섯을 따 오신 할머니
칠십 평생 그늘을 잊고, 그 그늘에 가슬가슬 말려
제사상에 올려놓는다

(종달새의 울음이 길다, 길었다)

할머니가 일러 준 그곳에 가면
송이 갈옷을 벗고
누웠다.

해창만 갯벌

작은 마을이 갯벌까지 손을 내밀고 있다
바닷물이 들어왔다 흔적 없이 빠져나간다
회백색 바지락 부챗살 꼬막이 손가락 사이에 걸리고
밤새 건너왔을 새 떼는 세상
사이를 갯벌에서 잇는다
바늘 햇살에 갯벌은 물길만 남기다
사람들은 소처럼 갯바닥을 훑고
한쪽에선 고기 떼 길목을 막는다
밀물과 썰물은 팽팽한 줄다리기에 한 번은 지고 한 번
은 이기고,

삼십 년 동안 갑판에 앉아 먼 바다로
간 그를 기다리며
두 아들을 숭어 잡아 키워 냈다
물 흐름이 멈춘 곳
에서 망둥이 삼식이 몇 마리
건져 올린다 칠게 떼는 늘 바쁘게
움직이고
겨울 바다, 빈 갯벌에 할머니 혼자 남는다

생일

어머니는 달력을 쳐다보며
큰누님 생일을 떠올린다
아버지는 새벽 무렵 바다로 간다
바다와 민물이 만나는 곳
아버지는 늘 그곳에 있다
하나 둘 별을 세어 내리면
천왕성(天王星) 떨어진다
아버지는 왼쪽 손목에
영원히 풀리지 않을 투망 줄 휘어 감는다
독섬에 학(鶴) 날아들고
물소리만으로 능성어가 헤엄치는지
이미 알고 있는 아버지
집게손가락은
쉿! 인중에 멈추고
투망이 바다에 퍼진다
펄펄 튀는 생명들을
비료 포대에 채워 넣는다
아버지 얼굴은
겹겹이 쌓인 은비늘뿐이다

아버지의 지게

새벽녘,
등이 휠 것 같은 삶의 무게를 받쳐 준 지게
싸리나무 발대를 올려 그 위에 투망을 얹는다
투망을 짊어진 지겟다리 왼쪽은
아버지의 왼쪽 무릎을 닮았다.

아버지의 투망 1

바다의 아버지,
아버지가 바다 속 물길을 살핀다

새벽마다 뿌리는 아버지 투망(投網)은
썰물에도 운동장만큼 넓게 펼쳐진다
강강술래 여인네들처럼 포근한
아버지의 투망은 깊숙한 바다를 그물질한다
은백색 가을 전어(錢魚)는 퍼덕퍼덕
빠른 몸짓의 농어는 포닥포닥
돔은 바다에 얼굴을 비춘다
학꽁치와 참복을 놓아주는 소년은
아침 가득한 그림을 그린다
바람 불고 비바람 치는 사이
아버지의 투망은
기와집 사각기둥에 걸려만 있고
이따금 어린 내가 힘차게 던져 보지만
아버지의 그것처럼 화려하게 펼쳐지지 않는다
천 근의 납 덩어리로 변해 버린 아버지의 투망은
바다의 침묵처럼 말이 없다
이제 훌쩍 자라 버린 그 옛날의 소년에게

바다의 투망은 가볍기만 하다
흰옷 입은 아버지의 그 모습처럼.

아버지의 투망 2

—투망 던지기 연습

아리랑을 타듯이
투망을 접어 어깨에 걸친다
아리랑 고개를 넘어갈 때
눈 깜짝할 사이에 뿌려야 한다
물길을 훤히 들여다보면서
땅속에 보낸 텔레파시가 되돌아올 때면
왈칵
울음을 비워 버린다

스스스 쉬,
바람을 두 동강 내면서 푹!

해파리가 올라오지 않도록
깊은 곳으로 던져야 한다

아버지의 투망 3

여인의 속치마처럼 한 겹으로 날아가는 투망

그것이 지금 파도를 잡는다.

아버지의 투망 4

단옷날,
해창만 수문(水門) 위를 걸어오는 아버지의 큰 외숙모님,
바람 따라 떠나려는 돛단배
팽팽하게 붙잡은 밧줄에 그만 발이 걸려
흰 고무신 한 짝이 바다에 떨어졌다
나머지 한 짝도 바다에 던져 버리겠다고 다른 쪽 신을
내벗은 큰 외숙모님
나는 당신의 신발 한쪽을 붙잡았다

민물이 덜컹덜컹 바닷물을 밀어내고
쿵쿵 쿵, 수문(水門)이 열렸다
코 낮춘 흰 고무신
소용돌이에 빙빙 빙 휘말리고
투망은 바람을 가르고 뿌려졌다

숨죽이며 바라본 퍼런 바다가 목까지 올라왔다
투망 줄을 한 발 한 발 끌어올리자
은백색 비늘을 털고 있는 전어 떼 속에
꼭 숨은 흰 고무신, 은백색 비늘 털고 코 세우며 일어
났다

아버지의 투망 5

태풍(颱風)에 찢어진 투망은 바다를 보고 있다

꽃이 피었다
주렁주렁 열매를 달고 있는
황금대나무, 그 꼿꼿함으로
로켓 닮은 대바늘을 깎아 낸다
먼 바다 거친 물결에 엎드려
빡빡 빼빠질 하고 꾀꼬리 숨결 다듬었다

서로 떨어져 있던
투망의 눈을 처녀별자리로 이어 주고 나면
투망은 반짝이고 별들은 아래로 내려앉는다

투망 이불 덮고 잠든
아버지,
흙 마당에서
꿈을 꾼다.

제2부

날치 횟집

당신의 피부는 오아시스 사막에서 새로 공수한
모래처럼 반짝이는군요
초밥을 만들며 날치 횟집 주인 남자는 말했다
쇼윈도 속의 미인들이 삼삼오오 수다를 떨며
신사동(新沙洞) 모래밭을 넘는다
저 모래 언덕을 넘으며 초밥에 뿌려진 날치 알
사각사각 톡톡 입속에서 정답게 튀는 그녀들의 단골
날치 횟집이 있다
횟집 주인의 등은 깊은 바다를 빼닮은 코발트 빛이다
날치의 비행은 뼈를 깎는 다이어트 결과지요
주인 남자는 파닥거리는 날치 한 마리를
거대한 도마 위에 찍어 누른다
그런 날치의 식용 효과는 말해 무엇합니까
껄껄거리는 너털웃음 소리가 날치 횟집에서 새어 나온다
영하의 신사(新沙)를 넘는 그녀들 모피 코트 깃을 세운다
발바닥에 땀이 차고 종아리가 후들후들 떨려 오고
한 발 한 발 내디딜 때마다 발보다 먼저 가는 몸은
점점 낙타처럼 앞으로 굽었다 그녀
날치처럼 자유롭게 하늘을 날아 보지 못하고,
신사동(新沙洞) 모래 언덕을 낙타처럼, 낙타처럼

한강에 사는 젓뱅어

1

한강 속에 사는 투명한 젓뱅어는
태어나자마자 몸 속에
밝은 조등 하나를 켜 둔 것이다

그리하여 속이 다 들여다보이던
젓뱅어는 죽음과 동시에
한 생 밝혀 주던 조등을 내린다

더 이상 아무도 그 속을 알 수 없다

2

날마다 한강을 건너는
온몸이 베일에 가려 알 수 없는
사람들,
죽으면 투명해진다
한남대교 위로 무수한 조등의 행렬이 정체된다

한강이 가끔 얼어붙었다,
녹는다

늦은 밤에도
사람들은 가끔씩 멈춰 서서
한강 속에 일그러진 얼굴을 비추곤 한다

큰이십팔점박이무당벌레

파르르르르 파르르르르 날아다니는
큰이십팔점박이무당벌레 풀밭에서 귀를 세운다.
책상 모서리에 날개를 꺾어 앉는다.
더듬이 끝은 화살촉처럼 뾰족하게 구름에 꽂혀야 한다.
더듬이 끝은 매주먹으로 책상을 팍팍 친다.
불린 쇠를 모루에 대고 담금질하는 것처럼
온몸을 단련한다
큰이십팔점박이무당벌레
기체가 비틀어지지 않도록 평행하게 힘을 준다.
바람 불어오는 공중에서 공중제비 돌기 하다가
진흙 바닥에 곤두박질치지 않아야 한다.

숨죽인 큰이십팔점박이무당벌레 처녀 비행,
그의 비행을 손으로 부드럽게 도와 준다.
신나게 파르르르르 파르르르르,
큰이십팔점박이무당벌레
두 날개로 퍼드덕 퍼드덕 바람을 일으킨다
지상의 사람들은 이륙하지 못하고
주저앉을 때가 많다

달팽이

수분이 빠져나간 달팽이는 달빛에 네 뿔을 키운다.

까칠까칠한 입으로 이슬방울에 잠긴 잎사귀 줄기를 핥는다. 바닷물이 들어왔다,

나갈 때면 발 근육이 늘어났다, 줄어들었다, 몸은 파도처럼, 미끄러져 미끄미끄한, 끈적끈적한, 흔적을 남긴다. 적이 오면 싸울 수 있는 무기가 없다, 달을 쳐다보면 너도 슬픈 눈을 가질 것이다. 몸을 숨길 수 있는 껍데기 키우려고, 밤마다 6억 년 전 무늬를 찾아 헤맨다, 아직도 기어가기를 멈추지 않는 그의 꿈은 굼뜬 달팽이집에 실려 있었다.

가락 시장에서

오늘은 가락 시장에 가고 싶다
초겨울을 알리는 노오란 유자(柚子) 향기 따라
어디서 많이 본 얼굴 같은 과실들
뻐얼건 석류(石榴) 속은 소녀를 울리겠다
이른 새벽 가락 시장에 타오른 모닥불은
얼어붙은 서울 녹이고
햇멸치 젓으로 배춧속를 버무려 놓고
친손주처럼 겉절이를 입 안에 넣어 주시던 노점상 할
머니
허물없는 친구와 수산 시장을 둘러보고
수족관 속 바다 맹수를 눈여겨보며
목포 세발낙지 몇 마리와
전설(傳說) 있는 숭어 안주 삼아
있을 수 있는, 있을 수 있었던
일들을 이야기로 담고
시골에서 막 올라온 김장 배추는
옹기종기 앉아 있어
석간신문에 백 원짜리 얼굴을 내밀어 애써 지탱해도
사람들 외면은 굵은 소금 뿌린다

자재암(自在庵)

털이
선인장에서 나온다
그 선인장을
손으로 만졌다

솜털,

독 오른 가시를 이제 찾아야 할 시간
나는 지금
소요산(逍遙山)
자재암(自在庵)에 간다.

한강 땅거미

땅거미가 물에서
땅 속으로 다시 땅 위로 걸어왔다
나무뿌리처럼 집을
삼분의 일을 지표면에 나와 있게 하고
나머지는 땅 속에 묻혀 있는 삼분의 이쯤
집 속에 숨어 먹이를 끌어 들인 다음
감쪽같이 수리해 두고 먹이를 기다린다
한강의 땅거미는 위장한다
진동만으로 벌레가
지나가는 것을
알아차리는 그는
베짱이를 끌어 들인다
손상된 집을 수리해 놓고
또 기다린다
꼬마호랑거미는 멀리서 들리는
발자국이나 사람의 숨소리도
거미줄의 진동으로 알아내고
풀잎으로 몸을 떨어뜨리고 숨어 버린다
투망을 씌우는 한 올의 거미줄 사이로
이슬이 흘러내린다

돌 틈.
땅에 구멍을 내어
거미줄 돗자리를 편다
개미 무당벌레가 지나면 거미줄로 칭칭
감아 포박하고 빨대를 꽂아 소화액을 주입한다
시간이 지나면 먹이의 껍데기는 우유 팩처럼
영양가가 많은 그의 일용할
양식을 저장한다
붉은 꽃을 품고 앉아 있는 꽃잎이
산들바람에 일렁인다
꽃봉오리가 흔들릴 때마다
땅거미가 매달아 놓은
양식도 매달려서 대롱대롱 흔들린다.

통발을 만드는 사람

통발을 만든다
가는 댓살 싸리로 엮어 통같이 만든다
아가리에 작은 발을 달아 그 날카로운 끝이 가운데로
몰리게 하고
뒤쪽 끝은 마음대로 묶었다 풀었다
새로운 미끼를 그 속에 넣는다
깔때기 속으로 들어가면 왜 나올 수 없을까
좁은 문을 뚫고 들어가면 넓어지는 하루
꽃게처럼 그 문을 영원히 찾을 수 없다

엘리베이터는 좀처럼 내려오지 않는다

산천어

거친 물살을 치고 올라서
황금 지느러미를 턴다
햇살 얕은 웅덩이에 옹송옹송
속살이 훤히 보이는 산천어 새끼

진달래 붉은 그림자도 스러지고,
검은 숲 그늘이 비쳐 온다
더 이상 배고픔을 견딜 수 없어
바깥 세상을 기웃거린다
소용돌이에 갇히고 급류에 휘말리면
어디서 배고픈 메기가 지켜보고 있다
가짜가 가짜 미끼로 유혹하면
금방 눈치 채고 요리조리 피할 궁리를 해야 한다

산갈치 이야기

팔영산(八影山) 깊은 곳에 은옷 입은 산갈치
전설의 바다에서 전설의 산에서 보름달 키웠다
달이 차오를 때 산 바다 사이를 날아 산 위의 별이 되었다
달처럼 빛나던 큰 눈망울,
동공의 둘레는 금빛으로 은빛으로 빙빙 돌아 촘촘한 은하수를 뿌려 놓았다
초여름 장대비가 쏟아지는 밤, 붉은 수염을 길게 쓸어내리면
별똥별이 빗속으로 떨어진다

수족관에 잠긴 그의 소원은 예전처럼 산 바다 사이를 날아가는 것이다

마라톤을 하는 이유

—연습 둘째 날

밀물과 썰물이 하루에 두 번씩 찾아오는 것처럼
미움과 사랑이 두 번씩 찾아온다

속도를 줄이고 욕심을 줄이자
서서히 바닷물이 차오르고
달 쪽을 향한 바닷물이 호흡을 찾아 준다

유체 이탈

영혼이 힘겹게 빠져나간다
초라해진 몸을 내려다본다
마른 잎새가 잠든 모습이었다
이슬비 오는, 멀리서 지퍼 올리는 소리가 들려온다
가상 아닌 듯 실재의 숫자를 주워 담는다
비어 있는 몸을 훑고 있다
들어가야지, 들어가야지, 열심히 살아야지
날아다니는 영혼과 비어 있는 몸은 한바탕 충돌을 예감
한다
머리 위에서 흰 빛이 일고,
그가 들어오면 가볍게 일어난다
썰물처럼 들어왔다, 빠져나가는
바다는 출렁인다.

빈 묘

사람들의 가슴속에 있었던 그 혼(魂)이 빠져나가면
그는 술상 받았지요
흰 손톱으로 산세를 살피고는 반벙어리가 되기도 하였
지요

꽃상여 가는 길에 내 바짓가랑이에 걸리는 풀잎
팔영산(八影山) 자락에 오붓한 봉오리
그 가슴은 오붓한 아내의 가묘.

아내 사별 이후에 먼 풍경만 쓰다듬던 풍수쟁이는 이제
먼 산 쳐다보았지요

잔디 씨 홀로 날아가며
내 자전거가 매일 매일 지났던 길
오늘은 왜……, 페달을 놓쳤을까.

조용한 에스코트

예약을 한 다음,
에스코트를 한다
흩어진 불빛들이 푸른 신호등으로 바뀐다
한 줄로 정차한 조등의 행렬
엔진 시동을 *끄*지 않은 채
바짝바짝 꼬리를 붙이고 있다
어린아이의 목에 살짝 걸쳐진 핏기 없는 얼굴,
상주는 번호 쪽지를 움켜쥐고
접수 창구에서 짧게 서명한다
새 번호표를 뽑아 든다
검사필증,
어떤 주검은 보증인의 확인을 받아 동사무소에서 떼어
왔다
호적이 바짝바짝 마르는 산 중턱,
잉크를 듬뿍 묻힌 화장터 아저씨
소곤거리는 표정을 듣지 못하고
한 장 남은 백지를 찍어 눕힌다
반쪽 번호표를 건네받고
전광판에 나타날 신호를 기다린다
붉은 숫자가 튀어나온다

횡대로 도열한 네모난 상자
23호기 안으로 걸어 들어간다
온몸을 철끈으로 동여매고
열쇠를 채우는 화부는
가운뎃손가락으로 스위치를 누른다
유리창 바깥쪽 자판기에서 동전 소리가 커피를 뽑아 대
고 있다
두 시간 후에 12번은 반대편으로 나옵니다
엘리베이터는 지하 식당으로 내려간다
엘리베이터가 올라올 때,
화구는 에스컬레이터를 타고 돌아온다
출구 쪽의 화부는 솥 바닥에 눌어붙은 밥을 빡빡 긁는다
눈에 거슬리는 뾰족한 덩어리들을 모조리 주워
구멍 속에 밀어 넣는다
흰 가루 곱게 흘러내린다
창밖엔 이슬비가 내린다.

발톱

칠순 노인의 손수레에서 흘러나온 쇠뭉치가 내
왼쪽 엄지발가락에 수직으로 떨어졌다

하루 이틀 사흘, 엄지발가락은 피멍으로 똘똘 뭉쳐
일주일이 되어서야 까맣게 잠이 든다

발톱은 또 자라기 시작한다

그 발톱이 착하게 자라는 것을 나는 자꾸 들여다본다

주먹밥 미학

옷을 벗고 물속에 누워 있는
멥쌀 속의 찹쌀의 미인(米人),
쌀미꾸리 물을 뜯어 먹고
물을 잔뜩 머금어 불을 급하게 쏘이면 삼층밥이 된다
칙칙폭폭 뜸 들이며 오는 잔 발자국 소리들,
깨끗한 행주를 찬물에 적셔 밥 위를 덮는다
밤의 열기를 식혀 주고 마르지 않게 하는
김이 빠지면 소금을 뿌린다
뿔쇠똥구리는 자기보다 큰 밥집을 만들고
우리는 주먹밥을 만든다
밥알이 손바닥을 덮는다
꽁보리밥은 둥글둥글 뭉쳐지지 않는다
흰 쌀밥을 뭉쳐 보지 못한 시간들,
밤새 날아온 큰이십팔점박이무당벌레
꾸역꾸역 주먹밥을 뜯어 먹고 있다
밥풀이 입가에 너덕너덕 붙어 있다.

뜰

뜰은 낙엽을 입고
낙엽은 깊은 상념을 간직한 채 울고 있다
국화는 사랑을 가득 담고 마지막 가을을 보내는
아쉬움의 노래를 부르고 있다
나는 울음 섞인 목소리의 주인공이 되어
뜰의 숨소리를 듣는다
여인의 숨소리를 닮은, 비가 내리고
깨끗한 석류 잎 떨어지고
가을을 떠나는 서러움의 잎들은
다 부르지 못한 노래를 부른다
쓸쓸히 떨어진 나뭇잎을 언젠가
소녀가 주워 간 적이 있다
그 소녀가 있었던 뜰은 이제
소녀의 눈빛만 간직하고 있다
나무를 병풍 삼아서
조용한 그 뜰에 햇살이 내리고
바람이 지나가면서 편지를 쓴다
북에서 오는 바람.
남에서 오는 바람.
중부 내륙으로 바람이 다가왔다는

바람의 소식 한 자락에 나는
훌훌 가지를 터는 나무에게 전하지
못한 말을 해야 한다고 생각한다
어디로 달려갈 것이냐,
스산한 바람이 목이 쉬어서
뜰 위를 스쳐 가고 어떤 꽃잎은 술에 취한 것처럼
붉은 앙가슴 뻐기며 팔짱을 끼고
나를 바라다본다
나는 뜰 앞에 서서 이 모든
자연의 이야기를 듣기 위해 서 있다.
언젠가는 이 뜰에 서 있던 날의 추억을 기록할 것이다.
평화스러운 얼굴을 하고 뜰 앞으로 나온 햇살이 나를
맞이하여 주는구나.

제3부

한강에 대한 명상

유유히 흐르는 한강은 내 중심에 있다. 그 중심선상을
날아가는 새를 바라본다. 새는 우리들처럼 한강을 건넜다
다시 건너기를 반복하고 있다. 철새들이 하나 둘 날아들
더니 한강 사이를 날아갔다 날아왔다 한강을 잇고 있다.
한강에서 만나는 새와 물고기, 우리 곁으로 돌아온 그들
이 보고 싶다.

생명

오늘 나의 생명은
할아버지 그 할아버지
그 할아버지의 할아버지까지
먼 옛날로부터 흘러서 나에게로 온다
또한 땅속 깊은 뿌리는 어떻게 해서 꽃을 피웠던가
작은 벌레는 천만년 생명을 이어가고
알을 품은 빙어는 멀고 먼
회유의 길을 거슬러 와서
심해 저 깊은 곳에 정든 삶과
죽음을 모두 껴안고 있다
짐승의 털빛이 새로이 바뀌고
농부가 빈 논에 물을 채우고
새 씨앗을 뿌린다. 그러자
저 푸른 강가에서
살아온 어부가 그물 던지고 거둘 때를 스스로 알고
여름 물소리와 이야기한다.
그사이
애벌레는 껍질을 벗고
찢어 낸 날개를 새로 단 잠자리가
3억 년 전의 날개를 서서히 펴서

시련의 물살 위로 비상한다
비가 그치면 농부는 약을 뿌리고
그 대지를 촉촉이 적시는 이 땅의 전설.
강은 흘러만 가고
산은 저렇게 푸른 얼굴로 서 있다
꽃이 피고 지는 산
옷을 갈아입은 잎새 가슴에 한 조각 구름이 내려온다
지금 내 앞에는 아름다운 호수가 있고
새와 나무가 나란히 호수를 본다
비가 그치면 등이 굽은 소나무는
수양을 쌓았는지 근엄하게 있다
내 표정은 그것을 하나씩 닮아 가고 있다

하늘이 내려앉은 한강

어깨에 책가방을
멘 두 소녀
한강 둔치에
앉아 팝콘을 집어
먹고 있다
형광색 달
조각이 그 위로
조각조각 부서져
내린다 밤이
내린 빌딩들을 빛나게
하는 한강, 그
다리는 밤마다 불을
밝히고, 턱 끝까지
차오르는 숨을 참으며
발끝이 허공을 휘젓기
시작했다
하늘이 내려앉은 한강을
날마다 건넌다

목마른 곳으로 밤새 내려온 한강

자연동 가는 길

그 무렵에 피었던
코스모스는 여전히 흔들거리고 있다
흙먼지 속으로 달리던
일요일의 버스는 정거장에 좀처럼 서지 않는다
아스팔트 흰색 선, 주황색이 크게 만나는
바다가 보이는 도시로 갔다
자연동 가는 길은 10월에도 눈이 내려
소녀는 벙어리장갑으로 눈사람을 만들고 있었다
말 못하는 눈사람 만들고 있었다
나는 오늘, 무릎까지 빠진 그 눈길을
한국사 한 토막을 들고 걷는다.

한강으로의 퇴근

노을이, 붉은 노을을 깔고 내려앉는다
여인의 젖가슴을 은밀히 들추어내는 어둠이
노을에 빠진 한강의 가슴을 훔쳐보고 있다
한강은 노을 허리만큼 내려왔다가
내 혈관을 타고 거꾸로 흐른다
출렁이는 한강 변을 달릴 때 광대소금쟁이는 잠수하고
붉은 노을의 젖가슴이 출렁인다
내 몸에서
그 많은 강물이 빠져나가고
그 많은 강물이 채워질 때
흐름이 빠른 곳에서, 날마다 흐르고 있다는 사실을 모
르는
내 가슴팍을 가로질러 조용히 소용돌이친다

정오에 무지개가 한강에 떨어진 후로
사람들은 가끔씩 멈춰 서서
울렁거리는 얼굴을 물에 비추곤 한다

날마다 한강을 건너는 이유 1

　누구나 건널 수 있는 한강을 나는 고고학자처럼 건너려 한다. 한강이 나를 보려고 할 때 나는 그에게 먼저 인사한다. 억만년, 오천 년 대대로 내려오는 얼굴과 닮아 가고 있기 때문이다 또 나를 보고 있다는 생각이 감돌면 몸이 새털처럼 가볍기만 하다.

날마다 한강을 건너는 이유 2

한강
저 너머에 무엇이 있을까
인간의 눈물이 있을까
인간의 사랑이 있을까

무거운 몸으로 한강을 건너고 나면
몇십 초 만에 새처럼 가벼워지는 것은
태초(太初)의 흔적 있는 한강을
날마다 건널 수 있기 때문일까

때로는
뇌성(雷聲)과 번개의 길에도
두렵지 않은 것은
늘 흐르고 있는
한강과 함께 있기 때문일까

인간의 사랑이 있을까

한강 저 너머엔
인간의 눈물이 있을까

날마다 한강을 건너는 이유 3

선사 시대 한강 사람들은
자돌어법(刺突漁法)으로
물고기를 잡았다

청동기 시대 한강 사람들은
민무늬 토기〔無文土器〕로
벼농사를 지었다

날마다 한강을 건너면서
지친 그림자로 사는 내가, 꿈속에서 만나는
그 옛날의 한강 사람들

날마다 한강을 건너는 이유 4

—안개

가로질러 흐르는 큰 강은 무한한 풍요를 약속해 준다. 크고 작은 하천이 범람하는 습지로서 여기저기에 늪과 연못이 많았다. 비가 계속 내리면 그 늪과 연못이 하나로 연결되어 호수로 변하기 때문이다. 수많은 지류를 끌어안으며 길게 흘러가는 한강이 산을 푸르게 만들고 따스한 봄날이면 아침저녁으로 안개를 피워 올린다. 그물처럼 전 대륙으로 펼치고, "저기" 하고 손가락으로 가리키고, 그 손가락에 끌려 발걸음을 옮긴다. 밤하늘의 별처럼 움직이고, 엉킨 실타래처럼 수많은 하천이 남쪽으로 흐르는 넓은 강을.

날마다 한강을 건너는 이유 5

—IMF 사람들

언제부터인가 낯설지 않은 사람들이
여러 개의 바늘을 달아 한강 물에 빠뜨린다.
생각에 잠긴 익사체들이
도도한 강물에 떠내려가도
예인자(曳引者)들은 아직, 그를 인도하지 않았다.

날마다 한강을 건너는 이유 6
──물고기

'큰입농어' 블루길이 살고 있다
뱀장어 꺽정이 두줄망둑 누치 가물치
큰 강에 사는 잉어 붕어 메기
살가리 살치 끄리 강준치

줄납자루 가시납지리 중고기 참중고기
몰개 긴몰개 경모치 눈동자개
얼룩동사리는 날마다 헤엄친다

돌자마 저점줄종개 꼬미꾸리 은어는
왕숙천 어디에 꼭 숨었다

황복이 돌아왔다,
혀를 빼고 스스슙, 스스릅 입맛 다시는 그 소리
한때, 서민을 살찌웠던 웅어는 눈을 돌리며
꽁지 빠지도록 거슬러 거슬러 간다.

날마다 한강을 건너는 이유 7

모두를 밀어내는 콘크리트
수많은 고통을 보듬은 자궁
살벌한 도시를 에워싸는 그 원시 공간에서
흰뺨검둥오리는 토박이가 되었다.

날마다 한강을 건너는 이유 8

— 한강의 발원지 검룡소(儉龍沼)

깊은 골짜기를 서쪽으로 이어 놓으면
잎을 달고 있는 황금빛 낙엽송이 무리 지어 바람에 흔
들린다
북풍이 불면
금바늘 낙엽송 날리고,
남풍이 불면
나무에 얹혀 있던 눈송이가 떨어지기 싫어 말없이 흘러
내린다
두 계절을 오가는 접점
역사를 키운 민족의 젖줄을 빨면
깊이를 알 수 없는 물구멍이 보인다
낙엽송이 하얀 겨울에 잠겼다
한강이 하얀 겨울에 미끄러진다

날마다 한강을 건너는 이유 9

나는 한강 앞에서 그저 편안해진다
나는 한강 앞에서 그저 멍청해진다

도심의 장례 행렬처럼 흐르는 한강,
그 주검의 수면 위로 유람선은 흐르고

날마다 한강을 건너는 이유 10
—썰물

　　두물머리의 아들, 그 아들의 아들이 한겨울 모닥불에
손을 녹이며, 건조했을 흰 돛단배, 한강 바람에 돛을 맡
긴 채, 흰 거품을 내며 구름 가까이 다가가고 있다.

　　물이 흐르는 깊은 곳에는 조개 뒹군다.
　　물 싸움이 계속되고 있다.
　　가라가라 나를 두고 떠나가라 하였다.

　　그 물결에 내가 서 있다.

날마다 한강을 건너는 이유 11

― 풍납토성

누렇게 옷을 갈아입을 수밖에 없는
퍼렇게 덮여 있는 잔디 뿌리의 끝,
BC 1세기 두꺼운 성벽을 따라가면 넓은 개흙
숨소리가 들린다 화살이 한강 변을 휩쓸어
나뭇잎 층층 흙벽이 밀리지 않도록 쌓았다
끈적끈적한 개흙 깔고, 한강의 진흙으로 쌓아 올려
백제를 키웠다 수천 년 코를 곤다
누군가 흔들어 깨워야 한다

광개토대왕

—전략 전술

사방 이리 떼로 둘러싸인 고립무원(孤立無援)에서
그는 평정했다
무기 아닌 넓은 가슴으로 평정했다
서민 속으로 들어가는 통치술,
신묘(神妙)한 전략 전술로 영토를 넓혔다
그곳을 다스렸다

한강 혹은 겨레의 삶과 꿈

홍용희

한강이란 무엇인가? 사전적으로 정리하면 양수리에서 합수하여 서해로 흘러들어 가는 남한강과 북한강의 통칭으로서 길이가 514킬로미터에 이르며, 포장 수력이 약 180만 킬로와트에 이르러 총 158만 4000킬로와트의 발전 시설이 건설되어 있는 남한 최대의 강이다. 그러나 이러한 물리적인 개념은 한강의 실체를 온전히 설명하기에 턱없이 부족하다. 왜냐하면 한강은 이미 물리적 범주를 넘어서서 이 땅에서 대대로 살아온 우리의 민족적 삶의 역사이며 양식이고 정신 그 자체로서 존재하기 때문이다. 태백산에서 발원하여 평창강, 주천강을 합하고 단양을 지나면서 북서쪽으로 방향을 전환한 뒤 달천, 섬강, 청미천, 흑천을 합치는 남한강의 물줄기와 금강산에서 발원하여 춘천을 지나면서 소양강을 합하고 남서로 방향을 전환

한 후에 가평천과 홍천강, 조종천을 합하며 흘러내리는 북한강의 물줄기, 그 굽이마다 이 땅의 수많은 신화와 전설 등의 내력이 휘갑치고 있으며 또한 현재는 물론 미래를 향한 역동적인 가능성이 숨쉬고 있는 것이다. 그리하여 한반도에서 고대로부터 부족 간의 갈등과 전쟁의 역사는 대부분 한강을 차지하기 위한 과정이었으며 또한 한강을 차지하는 나라가 역사와 문화의 주인공으로 등극해 왔다.

지영환 시인은 바로 이러한 한강을 중심 소재로 하여 "날마다 한강을 건너는 이유"를 노래하고 있다. 다시 말해, 그가 "날마다 한강을 건너는 이유"는 우리의 민족적 삶의 시원이면서 동시에 세계(서해 대양)로 뻗어 가는 민족적 삶의 미래와 꿈에 대해 깊이 인식하고 발견하며 아울러 미래 지향적인 각오를 재다짐하고 무장하는 과정으로 이해된다.

실제로 지영환의 한강에 대한 시선은 '민족적 성소'를 향한 경외감을 기본 바탕으로 한다.

가로질러 흐르는 큰 강은 무한한 풍요를 약속해 준다. 크고 작은 하천이 범람하는 습지로서 여기저기에 늪과 연못이 많았다. 비가 계속 내리면 그 늪과 연못이 하나로 연결되어 호수로 변하기 때문이다. 수많은 지류를 끌어안으며 길게 흘러가는 한강이 산을 푸르게 만들고 따스한 봄날이면 아침저녁으로 안개를 피워 올린다. 그물처럼 전

대륙으로 펼치고, "저기" 하고 손가락으로 가리키고, 그
손가락에 끌려 발걸음을 옮긴다. 밤하늘의 별처럼 움직이
고, 엉킨 실타래처럼 수많은 하천이 남쪽으로 흐르는 넓
은 강을.

——「날마다 한강을 건너는 이유 4—안개」

이 시에서 한강은 이 땅의 "무한한 풍요"를 약속하고
아름다운 터전을 창조하는 존재로 드러난다. 한강이 "수
많은 지류를 끌어안으며 길게 흘러가는" 것은 이 땅의
"산을 푸르게 만들고", "안개를 피워 올"려 꿈속처럼 아
름다운 터전으로 가꾸어 가는 여정이다. 축복과 구원의
순례자로서의 성향을 드러내고 있는 것이다. 그 축복과
구원의 순례는 너무도 친절하고 섬세하여 "'저기' 하고
손가락으로 가리키"면, "그 손가락에 끌려 발걸음을 옮"
겨 다가갈 정도이다. 이러한 한강의 자애로운 구원이 이
땅을 지켜 오고 가꾸어 온 저력인 것이다.

이를테면, 부드럽고 우아한 문화 왕국을 이루었던 백제
의 건설 역시 한강의 산물이지 않았던가.

누렇게 옷을 갈아입을 수밖에 없는
퍼렇게 덮여 있는 잔디 뿌리의 끝,
BC 1세기 두꺼운 성벽을 따라가면 넓은 개흙
숨소리가 들린다 화살이 한강 변을 휩쓸어
나뭇잎 층층 흙벽이 밀리지 않도록 쌓았다

끈적끈적한 개흙 깔고, 한강의 진흙으로 쌓아 올려
백제를 키웠다 수천 년 코를 곤다
누군가 흔들어 깨워야 한다
　　—「날마다 한강을 건너는 이유 11—풍납토성」

　시적 화자는 백제의 유적지 '풍납토성'에서 한강의 자취를 느끼고 있다. 백제의 문화를 찬란하게 가꾼 주체가 곧 한강이기 때문이다. 한강의 물줄기와 "한강의 진흙으로 쌓아 올"린 성벽이 백제를 풍요롭게 가꾸고 지킨 저력이었던 것이다. 그러나 백제의 문화는 과거 속에 화석처럼 갇힌 유적으로 존재한다. "수천 년 코를" 골며 잠들어 있다. 이제 "누군가 흔들어 깨워야 한다". 다시 말해, 유서 깊은 한강의 자취와 그 가능성을 미래진행형으로 일깨우고 열어야 한다는 것이다. 여기에는 또한 우리 겨레의 정신사와 문화사를 창조적으로 계승해야 한다는 인식이 배어 있는 것으로 보인다. 세계 문명의 발상지가 모두 큰 강을 중심으로 이루어졌던 것처럼 한강은 우리 문화의 모태인 것이다.

선사 시대 한강 사람들은
자돌어법(刺突漁法)으로
물고기를 잡았다

청동기 시대 한강 사람들은

민무늬 토기〔無文土器〕로
벼농사를 지었다

날마다 한강을 건너면서
지친 그림자로 사는 내가, 꿈속에서 만나는
그 옛날의 한강 사람들
　　　　　　　　—「날마다 한강을 건너는 이유 3」

　한강은 우리나라 문화사에 관한 기억의 보고이다. 한강
이 곧 문명사의 발원이며 중심이고 척도인 것이다. 한강
은 선사 시대로부터 청동기 시대로 이어지는 이 땅 수천
년 역사의 살아 있는 창조자이며 증거라고도 할 수 있다.
그래서 시적 화자가 "한강을 건너는" 또 다른 "이유"는
"그 옛날의 한강 사람들"과 만나기 위해서이다. 물론 이
때, 그가 만나는 "옛날" 사람들이란 현재 속에서 만나는
과거 역사의 원형에 다름없다. 한강을 통해 겨레의 역사
와 그 문화 유산의 내력과 깊은 대화를 나누고 있는 것이
다. 따라서 한강을 노래하는 것은 우리 문화사에 대한 자
긍심의 고취와 예찬 그리고 현재적 계승에 해당하는 것
이다.
　한편, 그가 인식하는 이러한 한강의 정신사가 역사적
상상력으로 변주되면 '광개토대왕'의 통치술로 표백되기
도 한다.

사방 이리 떼로 둘러싸인 고립무원(孤立無援)에서
그는 평정했다
무기 아닌 넓은 가슴으로 평정했다
서민 속으로 들어가는 통치술,
신묘(神妙)한 전략 전술로 영토를 넓혔다
그곳을 다스렸다

—「광개토대왕—전략 전술」

고구려 광개토대왕의 통치술에 대해 "서민 속으로 들어
가는", 즉 낮은 곳으로 자연스럽게 흘러들어 가는 방식을
주목하고 있다. 광개토대왕의 "신묘한 전략 전술"이 마치
산꼭대기의 높은 곳에서 쏟아 부어도 가장 낮은 곳으로
흘러 마침내 큰 강을 이루는 물의 속성에 비견되고 있다.
이렇게 보면, 광개토대왕의 통치술은 결국 한강의 존재
원리 혹은 존재론적 예지에 있었던 것으로 해석된다.
  물론, 지영환에게 한강은 항상 이와 같이 장엄한 대상
만은 아니다. 한강은 일상 속에서 인간적이고 살뜰하며
친숙한 얼굴로 가깝게 다가오기도 한다.

한강
저 너머에 무엇이 있을까
인간의 눈물이 있을까
인간의 사랑이 있을까

무거운 몸으로 한강을 건너고 나면
몇십 초 만에 새처럼 가벼워지는 것은
태초(太初)의 흔적 있는 한강을
날마다 건널 수 있기 때문일까

때로는
뇌성(雷聲)과 번개의 길에도
두렵지 않은 것은
늘 흐르고 있는
한강과 함께 있기 때문일까

인간의 사랑이 있을까
한강 저 너머엔
인간의 눈물이 있을까
　　　　　——「날마다 한강을 건너는 이유 2」

　이 시는 시인의 일상 속에서 한강의 존재성을 간곡하게 노래하고 있다. 그에게 한강을 건너는 것은 일종의 소생제의 과정이다. 한강을 건너면 "무거운 몸"이 "새처럼" 가볍고 상쾌하게 된다. 그 까닭은 한강에 "태초(太初)의" 거룩한 신성성이 있기 때문이다. 태초 시간의 거룩한 생명력을 한강의 심연은 간직하고 있는 것이다. 문명의 시간은 끊임없는 변질과 비속화를 지속하고 있으나 한강으로 표상되는 자연의 시간은 태초의 근원성을 간직하고 있는 것이다. 따라서 그가 한강을 건너면서 신생의 기운을 느끼는 것은 현실 속에서 태초의 신성한 생명감을 체험하기 때문이다. 그리하여 그는 여기에서 더 나아가 "때로는/뇌성(雷聲)과 번개의 길에도/두렵지 않은 것은/늘 흐르고 있는/한강과 함께 있기 때문일까"라고 스스로에게 진술하기도 한다. 절망과 상처의 고통으로부터 자유롭지 못한 것이 우리네 현실이지만, 그러나 그는 이를 두려워하지 않는다. '한강'이 그의 생활 속 중심을 가로지르고 있기 때문이다. 한강은 그의 삶의 위안이며 활력의 원천이다.

물론, 이러한 정황은 한강에 대한 그의 남달리 깊은 애정과도 연관된다.

한강 속에 사는 투명한 젓뱅어는
태어나자마자 몸 속에
밝은 조등 하나를 켜 둔 것이다

그리하여 속이 다 들여다보이던
젓뱅어는 죽음과 동시에
한 생 밝혀 주던 조등을 내린다

더 이상 아무도 그 속을 알 수 없다
──「한강에 사는 젓뱅어」

한강에 대한 남다른 박물학적 애정과 관찰력이 빛난다. 한강 속에 사는 "젓뱅어"는 내장까지 투명하게 드러나 보인다. 그러나 젓뱅어는 죽음과 함께 "한 생 밝혀 주던 조등을 내린다". "더 이상 아무도 그 속을 알 수 없"게 된다. 이것은 물론 젓뱅어의 죽음을 둘러싼 상황에 대한 전언이지만 심층적인 층위에서는 죽음 일반의 속성과 의미를 환기시킨다. 이 시에서 죽음은 "더 이상 아무도 그 속을 알 수" 없는 세계로 해석된다. 한강은 이와 같이 삶의 미시적인 세목의 지각과 지혜까지 일깨워 준다. 그래서 시적 화자는 "나는 한강 앞에서 그저 편안해진다 / 나는 한강 앞에서 그저 멍청해진다"(「날마다 한강을 건너는 이유 9」)라고 진술하기도 한다. 그에게 한강은 자신의 삶 그 자체라고 할 만큼 일상 속에 내면화되어 있는 것이다.

한편, 그의 이와 같이 웅숭깊은 한강의 일상화는 소박하고 인간적인 생활태도 속에서도 자연스럽게 배어 나온다. 한강을 소재로 하지 않은 시편들은 주로 할머니, 어머니 그리고 고향에 대한 한없이 순박한 정감의 이미지가 주조를 이룬다.

뒤뜰, 겨울 바람에 감나무 잎사귀가 모두 떨어져 날아
왔다
　마지막 숨을 몰아쉴 때 우리는 산짐승처럼 귀를 쫑긋
세우고
　감나무 감이 빨갛게 익거든 까치밥을 남겨 놓아라

아버지는 할아버지의 손을 곱게 쓸어 내렸다
지금도 명절날 고흥에 가면 감나무 네 그루부터 찾는다
그 감나무 이마를 손으로 짚어 보고 껍질을 손으로 쓸
어내린다
허옇고 까칠까칠하다, 아무도 몰래 갈라 터진 볼을 부
비곤 한다
감이 달려 있는 빈 하늘을 두 딸과 함께 세어 본다
　　　　　　　　　　　　　──「감나무가 있는 뒤뜰」

위의 시편은 시인의 고향의 서사와 풍광에 대한 정회가
실감 있게 드러나 있다. 고향 집 뒤뜰의 "감나무"를 매개
로 하여 할아버지, 아버지, 나 그리고 딸에 걸친 4대 간
의 내력과 해맑은 성정이 담백하게 드러나고 있다. "감나
무 감이 빨갛게 익거든 까치밥을 남겨 놓아라"라는 할아
버지의 나눔과 베풂의 훈육이 집안의 보이지 않는 가풍이
며 울타리로 작용하는 것으로 보인다.
한편, 다음 시편은 그가 자란 집안의 내면 풍경을 좀
더 가까운 거리에서 보여 준다.

할머니는 시루 안의 아랫목,
따듯하고 어두운 곳으로 찬물을 부었다
할머니의 바가지가 점점 가벼워질수록
올챙이 꼬리처럼 파닥거리던 싹들이 머리를 일제히 위
로 올린다

까만 밤을 치켜들면 오밀조밀 모여 있던 우리들
물을 부어 댈수록 노란 봉분의 높이도 자꾸만 올라갔다

그 비릿한 냄새가 할머니의 젖무덤에서도 새어 나온다
　　　　　　　　　　　—「밤은 콩나물 시루처럼」

　할머니가 방 안에서 콩나물을 키우고 있다. 아랫목에서
콩나물 시루에 물을 붓는 풍경이 정겹고 소박하다. "할머
니의 바가지가 점점 가벼워질수록 / 올챙이 꼬리처럼 파닥
거리던 싹들이" 소담스럽게 자란다. 할머니의 손길은 생
명을 관장하는 자애롭고 신성한 풍모로 다가온다. "까만
밤을 치켜들면 오밀조밀 모여 있던 우리들"이란 표현은
시루 안에서 자라는 콩나물과 유년기 어린 형제들의 이미
지가 서로 겹치면서 시적 생동감을 불러일으킨다. 정겨우
면서도 생기 넘치는 감각과 정서가 그의 유년 시절 기억
으로 존재하고 있는 것이다. 그는 할머니가 붓는 맑고 찬
물을 받아 마시면서 성장하는 시루 안의 콩나물처럼 할머
니의 고귀한 생명 의식과 자애로움 속에서 자랐던 것이
다. "그 비릿한 냄새가 할머니의 젖무덤에서도 새어 나온
다"라는 것은 시적 화자의 할머니와 유년의 소박한 삶에
대한 애틋한 그리움의 감각적 표현이다.
　한편, 다음 시편에는 시적 화자의 어머니에 대한 간절
한 회억의 정서가 묘사되어 있다.

뽀얀 살결이
가는 밧줄 하나를 타고
손안으로 내려와
잠든

왼쪽 손바닥 줄무늬를 타고 내려가면
딸 아들이 사는 마을이 있다
달에게 아무리 비손해도 닳지 않는 손금은
작고 거친 주먹을 쥘 때마다 안으로만 강 깊이 흐르고

그 무수한 샛길 사이를 달리는 강물
땀에 밴 손바닥이 말없이 젖어 오고
물머리가 마주할 때
지금도 난 가는 밧줄을 하나 타고 올라가
꿈의 어머니를 만난다

—「손금」

　어머니의 손금 이미지를 통해 헌신적인 자식 사랑을 효과적으로 표현해 내고 있다. 손안에 자식들의 마을이 있다는 것은 어머니에게 자식이란 바로 자기 신체의 일부이며 운명 그 자체임을 시사한다. 어머니의 손은 어느새 "달에게 비손"하고 있다. 그런데도 어머니의 손금은 닳지 않는다. 이는 어머니의 비손이 닳을 줄 모른 채 쉼 없이 지속되고 있음을 가리킨다. 그리하여 어머니의 "땀에 밴

손바닥"의 "땀"이란 자식에 대한 헌신과 사랑의 감각적인
표상이다. 마지막 행의 "지금도 난 가는 밧줄을 하나 타
고 올라가 / 꿈의 어머니를 만난다"라는 것은 시적 화자의
어머니에 대한 무한한 그리움과 감복의 마음에 대한 수사
적 표현이다. 이처럼 그의 내면에는 앞에서 살펴본 시루
에 물을 주는 할머니의 넉넉한 자애로움과 어머니의 절대
적 헌신에 대한 그리움과 고마움의 정감이 항상 존재한
다. 다음 시편은 이와 같은 그의 과거적 삶의 현재화가
실감 있게 드러나고 있다.

　　　비 오는 해창만 물 끓는 가마솥
　　　기러기들이 물수제비를 뜬다
　　　갈대는 바르르 떤다.

　　　보리밭에서 파도 소리가 밀려온다.
　　　백 년 세월, 비 오는
　　　해창만 물 위에 걸려 있던 가마솥

　　　안주인은 솔잎으로 불을 살린다.
　　　화덕에서 새어 나오는 연기 바다로 간다.

　　　어머니 눈물을 훔치며 넓적한 소나무 주걱 뒷등에 수제
　　비 반죽을 붙이고
　　　한 손에 물을 발라 가며 숭덩숭덩 살점을 떼어 던진다.

강가에서 납작한 돌을 고른다.
손에서 작은 돌이 튀어 나갈 준비를 한다.
　　　　　　　　　　　　　—「수제비를 펄펄 끓인다」

　파도가 부서지는 "해창만"이 "물 끓는 가마솥"에 비유되고 있다. "기러기들이 물수제비를 뜨"고, "갈대는 바르"떠는 분주한 움직임이 시적 정황을 동적으로 만들고 있다. 3연에 이르면 시적 거리가 원거리에서 근거리로 구체화된다. "안주인"이 "솔잎으로 불을 살"리는 정경이 포착되고 있다. 그리고 4연에 이르면, "안주인"의 모습은 "눈물을 훔치"는 "어머니"의 얼굴로 전이된다. "소나무 주걱 뒷등에 수제비 반죽을 붙이고／한 손에 물을 발라 가며 숭덩숭덩 살점을 떼어 던"지는 어머니의 모습이 현재진행형으로 펼쳐지고 있다. 마지막 연에 이르러 시적 화자는 "강가에서 납작한 돌을" 골라 물수제비를 하는 동적인 모습을 보인다. 이는 어머니에 대한 생생한 그리움의 역동적 표현으로 해석된다. 이와 같이 지영환 시인에게 고향과 부모님에 대한 회억의 정서는 사라진 과거가 아니라 경험된 현재로서 그의 삶에 지속적으로 작용한다.
　이렇게 보면, 그의 시 세계는 한강으로 표상되는 겨레의 삶의 내력과 미래의 비전이 표면적인 층위를 이루고, 고향의 조부모와 부모님의 순박하고도 헌신적인 삶의 훈육과 사랑에 대한 회억이 내적 원형질을 이루는 것으로 정리된다. 그러나 이들 양자는 기본적으로 한강의 거시적

인 민족사적 정신사와 미시적인 생활 세계적 삶의 성격이
라는 측면으로 포괄할 수 있을 것이다. 일상 속으로 스며
드는 한강의 정신사는 너무도 인간적인 친숙함과 소박한
정감으로 나타나기 때문이다. 여기에 이르면 우리는 지영
환 시인이 "날마다 한강을 건너는 이유"를 겨레의 삶의
내력과 꿈에 대한 재인식과 더불어 소박하고 순정한 자기
삶의 원형을 재발견하고 지켜 나가고자 하는 결의의 과정
으로 파악할 수 있다. 다시 말해, 이것은 시인 스스로 더
욱 한강과 가까워지고 한강과 동일화되기 위한 생활 과정
이며 실천이라고 할 수 있다. 그래서 지영환의 시적 삶의
미래는 누구보다 밝고 건강하다.

(문학평론가 · 경희사이버대 교수)

平靜 지영환 (池榮銑)

전라남도 고홍군(高興郡) 능정(陵亭)에서 태어나 경희대 법대를 졸업했다. 고려대 대학원을 수석으로 입학하여 정치학 석사과정과 행정학 석사과정을 수석으로 졸업하고, 미국 조지워싱턴대 대학원 연수를 마쳤다. 광운대 대학원 마약범죄학 석사과정 역시 수석으로 입학하여 수석 졸업을 했으며, 성균관대 대학원도 수석으로 입학하여 정치학 박사 학위 과정(대통령학 전공)을 수료했다. 현재 경희대 대학원에서 법학 박사 학위(형법 전공)를 취득할 예정이다.

2004년 『시와 시학』 신춘문예로 등단했고, 저서로 「국가 수사권 입법론」 외 10권, 논문으로 「함정수사의 위법판단 기준과 법적효과에 관한 연구」 외 50여 편이 있다.

해군 신병 훈련소와 해군종합학교를 수석으로 수료하기도 한 그는 태권도 공인 7단의 유단자로 70여 종의 국가 자격증을 보유하고 있다. 한국일보 고운문화상, 청소년지도자상, 대한민국환경대상, 국무총리상을 받았으며, 정부 신지식인으로 선정되기도 하였다.

현재 국립경찰대학에서 재직 중이며, 용인시 수지구 정암(靜庵) 조광조(趙光祖) 선생의 심곡서원(深谷書院)이 한눈에 보이는 곳에서 살고 있다.

날마다 한강을
건너는 이유

1판 1쇄 찍음 · 2006년 8월 25일
1판 1쇄 펴냄 · 2006년 9월 1일

지은이 · 지영환
편집인 · 장은수
발행인 · 박근섭
펴낸곳 · (주) 민음사

출판등록 1966. 5. 19. 제16-490호
서울시 강남구 신사동 506번지 강남출판문화센터 5층 (우)135-887
대표전화 515-2000 / 팩시밀리 515-2007
www.minumsa.com

값 10,000원

ⓒ 지영환, 2006. Printed in Seoul, Korea
ISBN 89-374-0746-9 (03810)